1908. Novembre 9.

(N° 103) TROISIÈME VENTE LAURENT DUMONT

HOTEL DROUOT SALLE N° 10

Le Mardi 3 Novembre 1908

N° 27 du Catalogue

ESTAMPES MODERNES

DESSINS

Me ANDRÉ DESVOUGES
26, Rue de la Grange-Batelière.

M. LOYS DELTEIL
2, Rue des Beaux-Arts.

IMPRIMERIE FRAZIER-SOYE
153-157, RUE MONTMARTRE
PARIS

CATALOGUE

DES

ESTAMPES

MODERNES

ET DES

DESSINS

APPARTENANT A M. L. DUMONT

Dont la vente aura lieu

à Paris, HOTEL DROUOT, Salle N° 10

Le Mardi 3 Novembre 1908

à 2 heures précises

Par le ministère de Mᵉ ANDRÉ DESVOUGES
Successeur de Mᵉ MAURICE DELESTRE
COMMISSAIRE-PRISEUR
26, Rue de la Grange-Batelière

Assisté de M. LOYS DELTEIL, Artiste-Graveur, Expert
2, Rue des Beaux-Arts

CONDITIONS DE LA VENTE

Elle sera faite au comptant.

Les adjudicataires paieront *dix pour cent* en sus des enchères.

M. Loys Delteil remplira les commissions que voudront bien lui confier les amateurs ne pouvant y assister.

MM. les amateurs pourront visiter la collection, 2, *rue des Beaux-Arts*, du lundi 26 au Samedi 31 Octobre 1908, de 2 heures à 5 heures.

Le Peintre-Graveur Illustré

(XIXe & XXe SIÈCLES)

par LOYS DELTEIL

OUVRAGE HONORÉ D'UNE SOUSCRIPTION DU MINISTÈRE DE L'INSTRUCTION PUBLIQUE ET DES BEAUX-ARTS

TOME Ier. — MILLET, ROUSSEAU, DUPRÉ, JONGKIND,
Épuisé.

TOME II — CH. MERYON . . . . . . **25** fr. et **20** fr.

TOME III — INGRES — EUG. DELACROIX

45 Exemplaires de luxe (*presque épuisés*). . . . . **50** francs
300 — . . . . **25** —
100 — (sans l'eau-forte de Delacroix). . . . . . **20** —

POUR PARAITRE LE 18 FÉVRIER 1909 :

TOME IV consacré à ANDERS ZORN

et contenant la biographie du Maître, le Catalogue raisonné de son œuvre gravé, et le fac-similé de TOUTES les pièces décrites.

1 volume in-4°, d'environ 260 pages, contenant environ 230 fac-similé et une eau forte originale d'ANDERS ZORN, le PORTRAIT DU SÉNATEUR AMÉRICAIN MASON, l'un des chefs-d'œuvre du Maître.

50 Exemplaires de luxe, avec l'eau-forte originale, *avant la lettre*, sur japon. . . . . **60** francs

350 Exemplaires avec l'eau-forte originale, sur papier vergé, avec la lettre. . . . . **35** —

150 Exemplaires sans l'eau-forte . . . . **25** —

A l'apparition de l'ouvrage, le prix en sera porté, pour les exemplaires de luxe à **80** fr., et les exemplaires ordinaires à **40** fr. et à **30** fr.

BULLETIN DE SOUSCRIPTION

(A renvoyer à M. LOYS DELTEIL, 2, rue des Beaux-Arts)

Je, soussigné, déclare souscrire à .... exemplaire du Tome IVe du PEINTRE-GRAVEUR ILLUSTRÉ, au prix .... francs l'exemplaire.

Signature et Adresse :

DESIGNATION

ADAM (Victor)

1. Voitures et Diligences. Quatre lith. in-fol. *coloriées*. Encadrées.

AFFICHES

2. Sous ce numéro, il sera vendu par petits lots, des affiches par Chéret (Pantomimes lumineuses, Jardin de Paris, etc.), Toulouse-Lautrec, Willette, Hugo d'Alesi, etc.

APPIAN (Adolphe)

3. Marines et Paysages, 10 pl., la plupart *avant la lettre*.

4. Marines et Paysages, 16 pl., plusieurs *avant la lettre*.

BACHER — CASANOVA — LELOIR, etc.

5. Vues de Florence et de Venise, 3 pl. signées — Siffleur de linottes, 2 états — Moines — Un Raffiné — Sarah Bernhardt chez elle. Dix pièces. Très belles épreuves.

BASTIEN-LEPAGE (J.)

6. Rodin (A.) (H. B. 5). Belle épreuve. Très rare.

BENOUVILLE, BODMER, BOULENGER, JEANRON, etc.

7. Sujets divers et Paysages, 8 pl., plusieurs rares.

BESNARD (P. A.)

8. Illustrations pour les *Perles rouges*, du Comte de Montesquiou, 1 portrait et 3 pl. Très belles épreuves, signées du Comte de Montesquiou. On y a joint épreuves des pl. biffées.

BOILVIN (Émile)

9. Agacerie — Janotus de Bragmardo. Deux pièces. Très belles épreuves, la première *avant la lettre*.

BONNAT, LUCE, J. P. LAURENS, LUMINAIS

10. Portraits et sujets divers, 7 pl. *avant la lettre*. Très belles épreuves.

BOUTET (Henri)

11. En Voiture — Le Pantalon — Le Coucher. Trois pièces. Très belles épreuves, tirées en bistre, *signées*. Rares.

12. La Lecture au lit — La Lecture au café — Étude. Trois pièces. Belles épreuves, *signées*.

BRACQUEMOND (Mme Marie)

13. Germinie Lacerteux, scène du 9e tableau. Superbe épreuve, *signée*. Rare.

14. La Femme à l'éventail. Très belle épreuve.

BRACQUEMOND (F.)

15. Margot la Critique — Les Taupes — Sarcelles — La Peinture, d'après Chaplin. Cinq pièces. Belles épreuves.

BUHOT (Félix)

16. Le Hibou (161). Très belle épreuve d'artiste, avec *dédicace.*

CAMERON (D. Y.)

17. Queen Annies Gate, St James Park. Très belle épreuve, *signée.*

CARRIERE (Eugène)

18. Tête de Femme. Très belle épreuve tirée en bistre, sur chine volant, dédicace.

CHAIGNEAU (F.)

19. Le Retour du troupeau. Très belle épreuve, *avec remarque, signée.*

CHAPLIN (Ch.)

20. Daubigny — Ziem — Chaplin. Trois pièces, deux en épreuves d'état.

21. Les Bulles — Les Colombes — Sujets divers, d'après Decamps, Leleux, etc. Quatorze pièces. Belles épreuves.

22. Sujets gracieux et Paysages. Vingt pièces. Très belles épreuves, la plupart sur chine.

CHAUVEL (Th.)

23. Paysages, 10 pl. originales (sauf une, d'après Dupré). Très belles épreuves.

CHIFFLART (F.)

24. César et ses légions, 1er et 2e états — Frontispice, épreuve d'essai. Quatre pièces, trois avec dédicace. Très belles épreuves.

CONSTANT (Benjamin)

25. En vue de Tanger — Une porte à Tanger — Prisonnier Marocain — Un Marchand, etc. Cinq pièces. Belles épreuves d'états, une très rare.

COROT (J. B. C.)

26. Souvenir d'Italie (A. R. 5). Très belle épreuve du 3e état (sur 4).

27. Environs de Rome (6). Très belle épreuve du 2e état (sur 4).

28. Paysage d'Italie (7). Très belle épreuve du 2e état (sur 4).

COURTRY (Ch.)

29. Portrait de Femme — Molière à Pézenas — Tentation de St Antoine, etc., 8 pl., la plupart *signées*.

DAUBIGNY (C. F.)

30. Les petits Cavaliers (F. H. 42). Très belle épreuve, sur papier ancien.

31. Les Bergers, épreuve *avant la lettre*. — Les Vendanges — Le Gué — Parc à moutons. Quatre pièces. Belles épreuves.

DAUMIER (H.)

32. Tête d'homme gravée sur un pl. exécutée chez Ch. de Beriot en 1872, en collaboration avec Rops, Harpignies et Taiée. Très belle épreuve sur chine volant.

DEGAS (d'après E.)

33. *15 Lithographies d'après Degas par G. W. Thornley*. Paris, Boussod, s. d. — Bel exemplaire dans le cartonnage de publ. — On y a joint une pl. de la série, encadrée.

N° 125 du Catalogue.

DELACROIX (Eugène)

34. Tigre couché dans le désert (L. D. 24). Deux épreuves.

DESBOUTIN (M.)

35. La Sortie de Bébé (H. B. 7). Superbe épreuve du 1er état, *avant le monogramme*.

36. La même estampe. Deux très belles épreuves du 2e état, *avant la lettre*, une avec *dédicace*.

37. Feuille de cinq études d'Enfants (Famille Desboutin?) Très belle épreuve sur japon. Rare.

38. Babou (Hipp.). (11). — Bowles, non décrit. Deux pièces. Très belles épreuves, la seconde sur japon.

39. Rouart (Henri) (25). Très belle épreuve sur japon, *avant le monogramme*.

40. Mlle Burty (Mme Haviland) (38). Très belle épreuve sur japon. Rare.

41. Leroy, imprimeur. Très belle épreuve sur japon. Très rare.

42. Feuille de croquis, en collaboration avec le Comte Lepic. Très belle épreuve. Rare.

43. Pie IX — J. Claretie — Goncourt (Edm. de) (88). — Anonyme — Le Bal d'Asnières. Six pièces. Belles épreuves.

DETAILLE (Edouard)

44. Le Cuirassier. Deux belles épreuves, une du 1er état, *avec croquis*.

45. Le Chasseur à cheval, trompette (2 épreuves) — Le Huhlan. Trois pièces. Belles épreuves, *avant la lettre*.

DILLON (H. P.)

46. L'Appel du passeur — Au Cirque — L'Averse. Trois pièces. Très belles épreuves sur chine, deux *signées*.

DIVERS

47. Paysages, 10 pl., par Em. Breton, Brendel, Burnand, etc., épr. *avant la lettre.*

48. Sujets divers et Paysages, 11 pl., par Watelin, Toudouze, Worms, etc., la plupart en épreuves d'essai.

49. Sujets divers et Paysages, 15 pl., *avant la lettre*, par K. Daubigny, Delauney, Damman, etc.

50. Sujets divers, Paysages, Marines, 14 pl., par Ardail, Ballin, Le Couteux, etc., la plupart *avant la lettre.*

51. Sujets divers et Paysages, 15 pl., par Gérôme, J. Baron, Berchère, etc. Belles épreuves.

52. Paysages, 16 pièces, par T. Abraham, Achard, Barillot, Beauverie. Très belles épreuves.

53. Sujets divers et Paysages, 10 pl., par Berne-Bellecour, Bianchi, Flameng, etc., en épreuves *avant la lettre.*

54. Sujets divers et Paysages, 18 pl., par Le Couteux, Mélingue, etc., *avant la lettre.*

55. Sujets divers et Paysages, 21 pl., par Chaigneau, H. Guérard, Greux, Charnay, Cortazzo, etc., la plupart en épreuves d'état.

56. Sujets divers, Portraits, Vignettes, 23 pl., par Klint, Hédouin, etc., plusieurs *avant la lettre.*

57. Sujets divers et Paysages, 23 pl., par Michelin, Toussaint, Rudaux, etc., la plupart *avant la lettre.*

58. Sujets divers et Paysages, 25 pl., par C. Duran, Protais, Mitchell, Morin, Nanteuil, etc., plusieurs *avant la lettre.*

59. Sujets divers et Paysages, 25 pl., par Palizzi, Régamey, Poilpot, etc., *avant la lettre.*

60. Sujets divers et Paysages, 26 pl., par divers artistes.

DORÉ (Gustave)

61. Lion couché — Le Combat, scène de l'Arioste. Trois pièces. Belles épreuves.

DUEZ (Ernest)

62. Les Mouettes — Les Pavots. Deux grandes pl. Très belles épreuves sur japon. Rares.

63. L'Hiver — Parisienne. Trois pièces. Très belles épreuves, *avant la lettre.*

64. Pavots — Coquelicots. Deux pièces. Très belles épreuves, signées. On y a joint épreuve des cuivres *biffés.*

ESTAMPES JAPONAISES

65. Sous ce numéro, il sera vendu 67 estampes japonaises.

ESTAMPE MODERNE (L')

66. Sujets divers, compositions de Fantin Latour, Helleu, Puvis de Chavannes, Renouard, Willette, etc. Quarante-six pièces, épreuves de luxe, la plupart en nombre.

FLAMENG (L.)

67. F. Seymour-Haden, 1875 (344). Très belle épreuve. Rare.

FLAMENG (François)

68. La Jeune fille au chien. Superbe épreuve, *avec remarque*, sur parchemin, *signée*, et 1er état. Deux pièces.

FORAIN (J. L.) — WILLETTE (A.)

69. Ça tombe à pic pour le cimetière — Je te laisse faire ta partie de cartes — Le Maire de Pont-Euxin, etc. Sept tirages à part. Encadrés.

FOREL (Alexis)

70. Le Pont-Neuf, 2 vues différentes — Notre-Dame et la Cité, 2 vues différentes. Quatre pièces. Très belles épreuves, *signées*, 2 sur japon.

71. Les Peupliers — La Cascade — Arbres en fleurs. Trois pièces. Très belles épreuves, *signées*.

72. Le Cheval du Charbonnier — La Vieille Jument — Chataigners — L'Orage. Quatre pièces. Très belles épreuves, *signées*.

FORTUNY (Mariano)

73. Famille Marocaine (H. B. 9) — Arabe assis (7) — Mendiant accroupi (8) — Une rue à Séville (14). Quatre pièces. trois *avant la lettre*.

FULLWOOD (John)

74. The husch of night — The last of september — L'Epave. Trois pièces. Très belles épreuves, *avec remarque*.

GAUTIER (Lucien)

75. L'Abside de Notre-Dame de Paris — La Ste Chapelle. Cinq pièces grand in-fol., deux *avant la lettre*.

76. Vues de Paris, 6 pl. *avant la lettre*, sur japon, *signées*.

77. Le Pont des Sts Pères — Le Forum — Venise, etc. Six pièces *avant la lettre*. Belles épreuves.

GŒNEUTTE (Norbert)

78. Portrait de Femme. Superbe épreuve, *signée*.

79. La Bergerie. Très belle épreuve, avec remarques, sur parchemin, *signée*.

80. Anvers, 1891. Deux pièces. Très belles épreuves, une *timbrée*.

81. A l'Eglise — Au Moulin de la Galette. Deux pièces. Très belles épreuves.

82. La Cigale (1885) — La Musique. Deux pièces. Très belles épreuves, la seconde, *signée*.

83. Réflexion — Sur la Plage — Place de la Concorde — La Lettre — Titre — La Musique. Six pièces. Très belles épreuves *signées* et *timbrées*.

84. Le Pont-Neuf à Paris — Canal à Venise — Moulins à Rotterdam. Quatre pièces. Très belles épreuves, une *signée*.

85. Jeune Femme debout, 1894. Lithographie. Deux très belles épreuves, une très rare, *avec les croquis, signée*, la seconde encadrée.

GONCOURT (J. de) — GRAVESANDE (de)

86. Masque de Rousseau — Chantier, le soir — Le Moulin. Quatre pièces. Très belles épreuves.

GRASSET (Eug.)

87. Les Pommes — Les Hortensias — La Femme au chardon, etc. Quatre pièces grand in-fol. en couleurs.

N° 137 du Catalogue.

GUDIN (Th.)

88. Paysages et Marines, 4 pl. Très belles épreuves.

GUÉRARD (H.)

89. Le Guitariste. Belle épreuve, *timbrée* et *numérotée*.

HARPIGNIES (H.)

90. Charette devant une chaumière. Très belle épreuve.

HUGO (Georges)

91. Le Vase de fleurs. Lithographie. Très belle épreuve, *imp. en couleurs*, *signée*. Encadrée.

ISRAELS (Josef)

92. Intérieur de cuisine en Hollande. Quatre belles épreuves.

JACQUE (Charles)

93. Jacque (Ch.), par lui-même, 1862 (139 et 170). Deux pièces. Très belles épreuves, une très rare.

94. Un Courlis mort (G. 3) — Troupeau de porcs fuyant (100), rare — Hiver (101) — Porcs couchés (102) — Lisière de bois (124) — Bords de rivière (125) — Lisière de bois (135). Sept pièces. Très belles épreuves.

95. La Truffière (85). Très belle épreuve, *avant les adresses*, *numérotée*.

96. Chaumières (237) — L'Orage (249) — Auberge (257). Trois pièces rares. Très belles épreuves.

97. L'Abreuvoir aux moutons, 1888. Très belle épreuve *avec remarque*, sur japon, *signée*.

98. Le Cavalier — Troupeaux de porcs — Petites Chaumières Kercassier, etc. Six pièces. Belles épreuves, deux d'état, une signée.

99. Le Rémouleur — Le Soir — La Cruche cassée — Tête de vieillard — Joueur d'orgue, etc. Dix pièces. Très belles épreuves.

100. *Œuvres complètes d'Adrien van Ostade, ses tableaux, eaux-fortes, dessins et aquarelles..., par Ch. Jacque et sous sa direction par L. Subercaze...* Paris, Avenin, s. d. Couverture (rare) et suite complète de 20 pl. Très belles épreuves.

101. Scènes rustiques et Paysages. Vingt-cinq pièces. Belles épreuves.

102. Scènes rustiques et Paysages. Vingt-six pièces. Belles épreuves.

103. Scènes rustiques et Paysages. Vingt-six pièces. Belles épreuves.

104. Scènes rustiques et Paysages. Trente pièces. Belles épreuves.

105. Scènes rustiques et Paysages. Vingt-neuf pièces. Belles épreuves.

106. Scènes rustiques et Paysages. Trente-neuf pièces. Belles épreuves.

107. Eaux-fortes anciennes, 1re série, 35 pl. — et 2e série, 42 pl., soit ensemble 77 pièces, en carton. Belles épreuves (plusieurs pl. de la 1re série sont d'un autre tirage).

108. Sujets rustiques et Paysages, 24 pl. des albums 1864-65. Très belles épreuves sur chine.

109. Illustrations diverses, 68 pièces, plusieurs en épreuves d'état.

110. Sous ce numéro, il sera vendu 56 pl. par et d'après Jacque.

111. La Sortie du troupeau, par A. Gilbert. Grand in-fol., *avant la lettre*, *signé*.

JACQUE (Léon)

112. Œuvre de Léon Jacque : Vues, Paysages, Animaux, 59 pl. originales ou d'après Ch. Jacque, I. Bonheur, Troyon, etc.

JACQUEMART (J.)

113. J. Jacquemart, fac simile d'aquarelle — Souvenirs de voyage, 2 épreuves (une avant l. l.) — Le Vase de chine. Trois pièces. Belles épreuves.

114. Huit Études et compositions de Fleurs (318-325). Suite complète de 8 pl. Très belles épreuves du *1er tirage*.

JONGKIND (J.B.)

115. Vue de la ville de Maaslins (Loys Delteil 8). Très belle épreuve du 3e état (sur 4).

116. Entrée du Port de Honfleur (10) — Sortie du Port de Honfleur (11) — (3e état sur 4). Deux pièces. Très belles épreuves.

117. Jetée en bois dans le port de Honfleur (12) — Vue du Port au chemin de fer à Honfleur (13). Deux pièces. Très belles épreuves.

LA GANDARA

118. Jeune Femme à l'éventail — Jeune Femme assise. Deux pièces. Très belles épreuves, une encadrée.

LALANNE (Maxime)

119. *12 Croquis à l'eau-forte par Maxime Lalanne* — Cadart et Luce, 1869, titre et 12 pl. Très belles épreuves.

120. Souvenirs artistiques du Siège de Paris. Suite complète de 12 pl., dans la couv., de publication. Très belles épreuves.

LAURENS (J.) — QUEYROY (A.) — St ÉTIENNE

121. Paysages — Les Paysans, suite de 12 pl. Vingt pièces. Très belles épreuves.

LAUTREC

122. Entre sportmen — Baron et Linder. Deux pièces. Belles épreuves, la première sur chine, la seconde *timbrée* et *numérotée*.

123. Lavallière et Linder — Petite Fille anglaise. Deux pièces. Belles épreuves.

LEGROS (Alph.)

124. Tête de modèle (27). Très belle et rare épreuve du 1er état, sur japon (petite épidermure).

125. La Mort et le Bucheron, 1re pl. (141). Très belle épreuve. Rare.

126. Le Vagabond. Très belle épreuve, *signée*.

127. Champfleury — Gambetta. Deux pièces. Belles épreuves, la 1re sur chine.

128. Extase poétique, épreuve *avant le cuivre coupé* — Le Mort dans le poirier, *avant la lettre*. Deux pièces. Belles épreuves.

LESSORE (H. E. et J.)

129. Œuvre de H. E. et J. Lessore : Portraits de contemporains — Vues de Paris — Sujets divers et Paysages. Ensemble 130 pièces, y compris quelques doubles. Très belles épreuves, la plupart d'essai.

LLOVERA (J.) — LÉVY (E.) — LOSSOW

130. Mon Modèle — Corrida — Au Café — Vénus, Only for friends! 13 pl. y compris des états.

LOS RIOS (R. de)

131. Incroyables, l'Attente, Conversation, 9 pl., y compris des états. Très belles épreuves.

LUNEL — LEGRAND (Louis)

132. Le Voyeur du cinquième — Donne-moi encore 2 francs... — Ça ton oncle... — Nous ne voulons ni enfants... Quatre tirages à part. Encadrés.

LUNOIS (Alexandre)

133. L'Écran. Très belle épreuve sur japon pelure.

MANET (Edouard)

134. Manet, par Desboutin. Très belle épreuve, *avant le monogramme.*

135. Lola de Valence (3). Très belle épreuve, *avant* l'adresse de Cadart.

136. La même estampe. Trois belles épreuves des 4ᵉ et 5ᵉ états, une sur chine.

137. Le Garçon et le chien (10). Très belle et rare épreuve du 1ᵉʳ état.

138. Fleur exotique (18). Très belle épreuve.

139. L'Odalisque (20). Très belle épreuve, *timbrée.*

140. Album composé de trente pièces (tirage de L. Dumont, à 30 exempl.). — Ce sont les numéros 1 à 5, 9 à 14, 17, 22 et 31 à 47 du cat. de M. E. Moreau Nélaton. Très belles épreuves.

141. Exécution de l'Empereur Maximilien (79). Très belle épreuve (le nom de l'imprimeur non encré).

Nº 149 du Catalogue.

142. Guerre civile (81). Très belle épreuve du 1er état, *avant la lettre.*

143. La même pièce. Très belle épreuve.

144. La Barricade (82). Très belle épreuve du 1er état.

145. Mme Berthe Morizot, 2 pl. différentes (83-84). Belles épreuves (avec cache à la 1re pl.)

146. Les Courses (85). Très belle épreuve sur chine.

147. Le Gamin (86). Belle épreuve du 1er état, *avant la lettre*, sur chine.

148. La même pièce. Très belle épreuve sur chine.

149. Polichinelle (87). Très belle et très rare épreuve *avant la lettre*, *imp. en couleurs*, sur *teinte.*

150. La même pièce. Très belle épreuve sur japon, avec la mention imprimée : (Tiré à 25).

151. La même pièce. Très belle épreuve, tirée sur papier blanc.

152. Illustrations pour l'*Après-midi d'un Faune* (101-104), 4 pl. tirées sur la même feuille. Deux très belles épreuves, une tirée sur japon.

153. Les Gitanos — L'Infante Marguerite — Espagnole couchée, par Bracquemond. Trois pièces. — On y a joint 8 pl. d'après Manet, par Guérard et Courtry.

MEISSONIER (Ernest)

154. Polichinelle, tourné à gauche (H. B. 18). Très belle épreuve. On y a joint, la copie en sens inverse. Deux pièces.

MULLER (Alfred) — GATIES

155. Rue St Vincent, Montmartre — Le Bassin de Trianon, 2 épreuves. Trois pièces. Très belles épreuves, *imp. en couleurs.*

MUYDEN (Evert van)

156. *Dix Eaux-fortes. Animaux par Evert van Muyden, 1887*, couverture et suite complète de 10 pl., *timbrées.*

NEUVILLE (Alph. de)

157. Dans la Tranchée. Très belle épreuve, *avant la lettre.*

NITTIS (J. de)

158. Portraits de Femmes, 3 pl., une en double état. Belles et rares épreuves d'essai.

159. Portraits et sujets divers. Six monotypes et quatre eaux-fortes, épreuves d'état.

O'CONNELL (Mme F.)

160. Ste Madeleine (H. B. 1) — Tête de Ste Madeleine (2) — La Charité (3) — H. Wrenski (8) — Mme F. O'Connell (10). Six pièces. Belles épreuves.

OSTERLIND (A.)

161. Danseuses Espagnoles. Très belle épreuve, *signée.* Encadrée.

PAPIER ANCIEN

162. Un lot.

PIGUET (Rodolphe)

163. Une Française de 1889 (Jeanne Granier), (H. B. 27). Très belle épreuve.

PIGUET — DE WITTE

164. Portraits et Études, 5 pl. Belles épreuves, 2 sur japon.

POTÉMONT (Martial)

165. Rue de la Tonnellerie, grand in-fol. Très belle épreuve, *signée.*

166. La Femme aux oiseaux, 5 épreuves — La Femme au rideau — Citoyen de l'An V — Paysages, etc. Dix-neuf pièces. Très belles épreuves.

POTERLET (H.)

167. Ornements divers, 50 pièces.

PUVIS DE CHAVANNES (P.)

168. Un Génie, eau-forte. Belle épreuve.

RAFFAELLI (J. F.)

169. Les Fleurs. Superbe épreuve, *imp. en couleurs,* avec dédicace : *A Laurent Tailhade, admiration J. F. R.*

170. La Lettre. Très belle épreuve, *imp. en couleurs, signée* (n° 22).

171. L'Église de la Trinité. Deux très belles épreuves, *imp. en couleurs, signées* et *numérotées.*

RANFT (R.)

172. Les Cerises. Très belle épreuve, *imp. en couleurs, signée.*

173. Au Théâtre. Très belle épreuve, *imp. en couleurs,* Encadrée.

174. Les Baigneuses — Au Bord de la Mer. Deux pièces. Très belles épreuves, *imp. en couleurs, signées.*

175. Polichinelle et Colombine — Arlequin, Pierrot et Colombine. Deux pièces se faisant pendants. Très belles épreuves, *imp. en couleurs, signées.*

176. Modiste et Couturière — Au Théâtre. Deux pièces. Belles épreuves, la seconde *imp. en couleurs* (*signées*).

REDON (**Odilon**)

177. Le Cavalier, 1866. Eau-forte, très rare, *avec dédicace.*

178. La Fleur du Marécage — Arbre. Deux pièces, la seconde *avec dédicace.* — Guerrier, 5 épreuves. Ensemble 7 p.

RIDLEY — STEWART — CHENNIS

179. Magnolia — Baigneuse — Clair de lune, etc. Cinq pièces. Belles épreuves (deux signées).

ROBBE (**Manuel**)

180. Le Coucher. Très belle épreuve, *imp. en couleurs, signée.*

RODIN (**Auguste**)

181. Proust (Antonin). Très belle épreuve.

ROPS (**F.**)

182. F. Rops, par F. Courboin, couverture de l'ouvrage de E. Ramiro, six très belles épreuves, comprenant 3 états différents de la planche.

183. L'Affuteur (57). Très belle épreuve, *avant la lettre.*

184. Frontispice : Chansons badines, de Collé (354). Belle épreuve sur japon, *avec remarque, numérotée.*

185. Frontispices : Un Été à la campagne (370), état — Amusements des Dames de Bruxelles (353), 1er état. Deux pièces. Très belles épreuves, la seconde *signée.*

186. La Femme à la fourrure debout (415). Belle épreuve sur japon, *signée*.

187. Frontispice : Le Diable dupé par les Femmes (416) — Lettrines. Trois pièces. Belles épreuves.

188. Frontispices : Dictionnaire érotique (455) — Les Aphrodites (468) — Parnasse satyrique (471) — Théâtre Gaillard (472-473) — Tableau des Mœurs du Temps (475), fleurons (476, 477, 478). Neuf pièces. Très belles épreuves.

189. Frontispice : *A Cœur perdu*, de J. Péladan (640). Très belle épreuve du 2e état.

190. La Dame au cochon, par E. Gaujean. Deux très belles épreuves sur japon, *imp. en couleurs*.

191. God Mother Superior — Médecine expérimentale. Deux pièces. Belles épreuves sur japon.

192. Pilier d'Église — L'Éplucheuse de pommes de terre — Maternité — Cabinet satyrique. Quatre pièces.

193. La Foire aux Amours — Griserie Flamande — Dans la Pusta — Crinolinographies — En Ardenne. Cinq pièces.

ROPS (d'après F.)

194. L'Attrapade, par F. Courboin, 3 états — La Tentation de St Antoine, par le même, 2 états. Cinq pièces. Très belles épreuves.

195. La Foire aux Amours — Femme en croix — Buveuse d'absinthe, par F. Chevalier — Académie Cythéréenne, etc. Neuf pièces.

ROUSSEAU (Th.)

196. Chênes de roche (L. D. 4). Belle épreuve sur chine.

ROYBET, VOLLON, MATHEY, etc.

197. Sujets divers et Paysages, 11 pl. Très belles épreuves.

SCHAEPKENS (Alex.)

198. Près de la Meuse, titre et suite de 11 pl. en 1 alb. petit in-4°, cart.

SOMM (Henry)

199. Japonisme, 5 états différents, 3 sur japon. Très belles épreuves, *signées*.

200. Japonisme — Brune — Blonde — A Montmartre — L'Appel — Parisiennes. Huit pièces. Très belles épreuves, *signées*.

SPORTS

201. Newmarket races, 2 pl. grand in-fol. d'après Alken, *coloriées*. Encadrées.

STEIN (Marie)

202. Portraits. Trois pièces. Très belles épreuves.

SUNYER (J.)

203. Le Marchand de lacets — Le Chiffonnier. Deux pièces. Très belles épreuves, *imp. en couleurs, signées*.

204. Au Luxembourg — La Vieille. Deux pièces. Très belles épreuves, *imp. en couleurs, signées*.

TISSOT (J. J.)

205. Le Journal. Très belle épreuve, *timbrée*.

206. L'Hiver — Mme B... — Le Crocket — L'Éventail. Quatre pièces. Très belles épreuves, une *signée*.

TRAVIS (Stuart)

207. Sport Automobile, suite de 4 pl. in-fol. en couleurs, 1901.

VEBER (Jean)

208. Fuite en Egypte — Départ pour le Sabbat. Deux pièces sur japon.

VIDAL (Pierre)

209. Chez Maxim's. CUIVRE inédit et 16 épreuves, *imp. en couleurs, signées.*

WILLETTE, FORAIN

210. Le Corset — La Jarretière, etc., 5 pl. (tirage hors texte).

ZORN (Anders)

211. Sur la Tamise (F. de Sch. 7). Très belle épreuve.

DESSINS

ANONYME (XIXe Siècle)

212. Vues de portes et villes des côtes d'Italie, 31 sépias en 1 alb. petit in-fol. obl.

BARTHOLOMÉ (Léon)

213. Le Prolétaire. Au crayon noir. Signé. Encadré.

DUFEU (J. E.)

214. Un Marché au Caire. Aquarelle. *Signée.* Encadrée.

FORAIN (J. L.)

215. *Une bonne fortune de Girodet Trioson* — Feuille de croquis — Le Mannequin. Trois croquis, plume et crayon, un *signé*.

JACQUE (Charles)

216. Chevaux à l'Écurie — Un porc endormi. Deux dessins à la mine de plomb. Collection F. Masson.

JEANNIOT (G.)

217. Le Bal. Aquarelle gouachée. Signée. Encadrée.

LEFEBVRE (E.)

218. Encadrements pour sonnets de F. Coppée, Galéas, N. de Nervi. Huit aquarelles, *signées*.

LEGRAND (Louis)

219. Fin de souper. Dessin légèrement rehaussé, *signé*. Encadré.

MILLET (Jean-Baptiste)

220. Village de Cabans — Lisière de bois. Deux dessins. Au crayon noir, *signés*.

221. Une Prairie, environs de Bordeaux — Petite Ferme au Buisson. Deux dessins. Au crayon noir, *signés*.

MORÉNAS

222. Paysage. Peinture à l'huile.

SÉGUIN

223. Le Bain — Figure symbolique — Lesbos — La Toilette. Quatre aquarelles. Signées. Encadrées.

224. Sous ce numéro, il sera vendu quelques lots.

IMPRIMERIE
FRAZIER-SOYE
153-157, Rue Montmartre
PARIS

www.ingramcontent.com/pod-product-compliance
Ingram Content Group UK Ltd.
Pitfield, Milton Keynes, MK11 3LW, UK
UKHW021030260726
13994UKWH00005B/2061

9 782329 444789